WASHINGTON

OU LA LIBERTÉ

DU NOUVEAU MONDE,

TRAGÉDIE,

En quatre Actes ;

Par M. DE SAUVIGNY

Représentée pour la première fois le 13
juillet 191, sur le théâtre de la Nation.

Prix, 30 sols.

A PARIS,

Chez MAILLARD D'ORIVELLE, Libraire, quai
des Augustins, N° 43, au Contrat social.

1791.

ACTEURS.

VASHINGTON. . . . . MM. *Saint-Prix.*

LINCOL ⎰
⎱ Lieutenans-Généraux. . . . . *Vanhove,*
MACDAL ⎰ : . . . . *Ernest.*

LAURENS fils, Colonel. . . . . *Dunant.*

LISMOR, anti-révolutionnaire. . . . . . *Dupont.*

Madame LAURENS, mère du Colonel. Mlle. *Thénard.*

L'Ambassadeur de France. . . . . *Florence.*

JOSTON, envoyé du Roi d'Angleterre. . . *Naudet.*

Madame NELSON, veuve d'un parent de
    Vazington. . . . . .Mlle. *Raucourt;*

Le Congrès. . . . .

LAURENS père, Président. . . . . *Molé.*

Le premier Secretaire député. . . . . . *Marsy.*

Députation des Ministres du Culte.. . .

Leur Orateur, député de la nouvelle législature. *St.-Fal.*

Nouvelle législature.. . . . .

Peuple, guerriers, &c.

VASHINGTON

OU

LA LIBERTÉ DU NOUVEAU MONDE,

TRAGÉDIE.

ACTE PREMIER.

Le théâtre représente le camp de Vazington,
on voit la tente de ce Général.

SCÈNE PREMIÈRE.

LINCOL, MACDAL.

LINCOL.

Macdal, à Vazington réservez vos hommages.
Vaincu par les Anglois, en butte à leurs outrages,
Le malheureux Lincol a perdu dans les fers
Ce courage indompté qu'enflamment les revers,
Et cet enthousiasme et ces élans sublimes
Que la patrie inspire à vos cœurs magnanimes.

Vous pouvez, l'œil armé d'une juste fierté,
Combattre pour la gloire et pour la liberté,
Emule du héros sauveur de la patrie;
Moi je viens dans son camp, las du poids de la vie,
Tout entier à la haine et maudissant mon sort,
Invoquer la pitié, la vengeance et la mort.

M A C D A L.

La pitié! vous, Lincol, dont l'audace héroïque
Des fureurs de Burgoine a vengé l'Amérique!
La pitié! songez-vous qu'à vos illustres faits
Nous avons dû l'honneur de nos premiers succès?

L I N C O L.

Et vos derniers malheurs!

M A C D A L.

　　　　　　　Eh bien! je veux le croire:
Un dévouement utile est un titre à la gloire.
Des Etats du midi les ports étoient ouverts,
Et déjà s'avançoit, dominateur des mers,
L'implacable ennemi, fort de notre impuissance;
Par vous, de Charleston la longue résistance,
Fatale au vainqueur même, arrêta, sous vos yeux,
De ses vastes projets l'essor ambitieux.
Des Anglois vous et moi nous fûmes les victimes:
On jette avec trop d'art un voile sur leurs crimes.
Au camp de Vazington vos malheurs parvenus,
Diversement contés, m'ont été mal connus;
Qu'à ma tendre amitié votre cœur les confie;
La chaîne de nos maux l'un à l'autre nous lie.

L I N C O L.

Peuple altier! quel démon alluma dans ton cœur
La soif de notre sang, ta haine et ta fureur?
Pourquoi nous combats-tu, toi qui hais l'esclavage?
Ennemi des tyrans sur ton libre héritage,
Pourquoi, dans nos climats, vil instrument des rois,
De l'humanité sainte étouffes-tu la voix?
Sans espoir de secours, dans Charleston en cendre,
Sur la foi d'un traité nous venions de nous rendre:

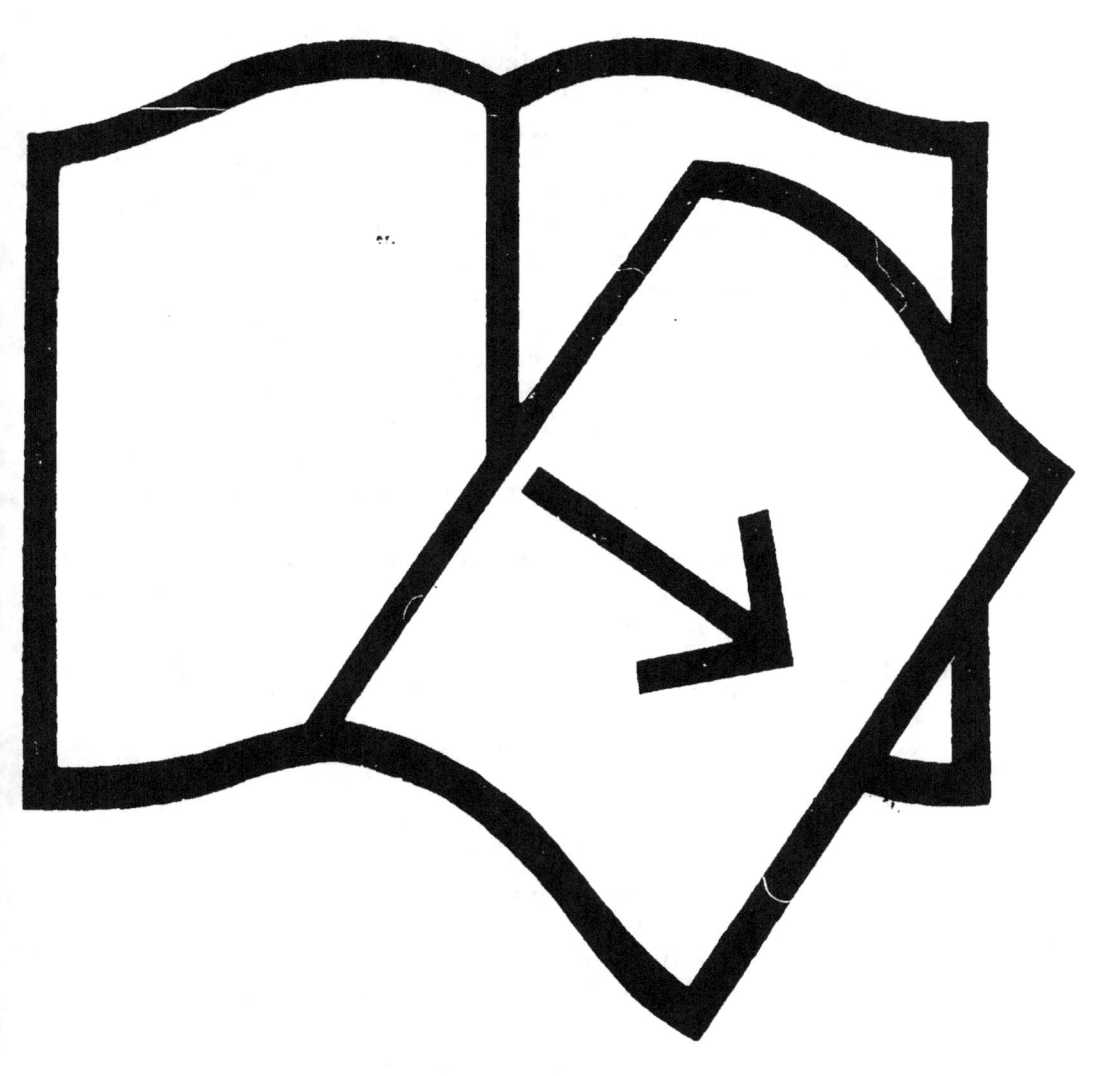

De ce même traité foulant aux pieds les loix ,
Le farouche vainqueur nous rassemble à sa voix.
J'entends d'un potentat les agens mercenaires ,
Nous demander nos mains pour égorger nos frères ;
« Ou combattez contre eux (nous disent nos boureaux)
» Ou mourez dans les fers et sur les échafauds ;
» Choisissez et tremblez ; mais songez-y , rebelles,
» La mort , pour expier vos trames criminelles ,
» La mort seroit trop peu ; sachez que , dès ce jour ,
» Mères, femmes, enfans, objets de votre amour,
» Proscrits , abandonnés , privés de nourriture ,
» Vont loin de ces remparts errer à l'avanture. »
Un calme affreux succède à ces mots foudroyans,
L'effroi saisit nos cœurs , l'horreur glace nos sens ;
Et chacun d'une vue inquiète, égarée ,
Cherchant autour de soi sa famille éplorée ,
Voit ces infortunés s'attacher à nos pas ,
Poussant de longs sanglots , et nous tendant les bras.
Tandis qu'à la pitié nous nous laissons surprendre ,
La voix de nos tyrans se fait encor entendre ;
« Ce moment pour jamais va décider leur sort;
» Quel choix avez-vous fait ? » Nous répondons :
« la mort. »
Les lâches ! croiriez-vous qu'ils ont frémi de rage
De nous voir préférer la mort à l'esclavage !

M A C D A L.

O ciel !

L I N C O L.

Les compagnons de mes nobles travaux,
Plongés, amoncelés dans de profonds cachots,
On tente, pour nous faire abjurer la patrie,
Tout ce qui , par degrés, peut éteindre la vie,
Abattre le courage , et déchirer les cœurs ,
De la contagion les poisons destructeurs ,
La mort, à nos côtés, incessamment présente,
Tous les tourmens enfin que la bassesse invente
Pour mieux dégrader l'homme et plaire à des tyrans.
Parmi tant de martyrs, l'un sur l'autre expirans ,

A 3

Mon fils ! (Ah, pardonnez ce moment de foiblesse ,
Ces pleurs que la douleur arrache à ma tendresse ;)
Mon fils, depuis long-tems tremblant, et consumé
D'un feu séditieux dans son sang allumé ,
Succombe , et nos boureaux, monstres de barbarie ,
Viennent me disputer les restes de sa vie ,
L'enlèvent de mes bras , l'entraînent dans des lieux
Qui n'offrent pour abri que la voûte des cieux ;
Là , mon malheureux fils est jeté sur l'arène.
Luttant contre la mort, il respiroit à peine ;
Il rappelle ses sens ; et ses vils assassins
Le parcouroient encor de leurs yeux inhumains.
Les monstres, à ses maux feignant d'être sensibles ,
Présentent des secours aussi prompts qu'infaillibles ;
Si, rendu plus docile , il trahit son pays ;
Vous jugez sa réponse , et quel en fut le prix.
Nud , seul, et sans secours , couché sur la poussière ,
Il vit naître du jour et mourir la lumière.
Alors de Charleston le tyran détesté ,
Balfour , dit que mon fils, contre lui révolté ,
A voulu s'affranchir d'un honteux esclavage ;
Du fer sacré des loix il ose armer sa rage ,
Et la main des boureaux comblant ses attentats,
Mon fils subit le sort des plus vils scélérats.

M A C D A L.

Pour nos lâches tyrans vous redoublez ma haine ,
Ami.

L I N C O L.

Tant que Balfour m'arrêta dans sa chaîne ;
Le sentiment profond de ma juste douleur,
J'ai su le renfermer dans le fond de mon cœur :
Devenu libre, ici mon désespoir m'amène :
De trois mille des miens, cinq cent restent à peine.
J'attends de Vazington, instruit de nos malheurs,
Une vengeance égale à ce comble d'horreurs.

M A C D A L.

Lincol , du Général je respecte la gloire :
Je connois sa grande ame, et je ne veux pas croire

Que sur tant de forfaits dont regorgent ces lieux,
Un intérêt secret puisse fermer ses yeux;
Mais quand nos ennemis, fatigués de carnage,
Enflammant contre nous la fureur du sauvage,
Ne fesoient des captifs que pour les lui livrer,
Trop sûrs que le barbare alloit les dévorer;
Quand un de ces boureaux de mon malheureux père,
Cernant d'un fer aigu son front octogénaire,
Ce front où respiroient la candeur et la paix,
Pour obtenir un prix, fixé par les Anglais,
Arracha sur sa tête, alors toute fumante,
De ses longs cheveux blancs la dépouille sanglante;
(J'en garde en frissonnant l'horrible souvenir;)
J'ai demandé vengeance, et n'ai pu l'obtenir.

L I N C O L.

Quel sera donc, grand Dieu, notre recours?

M A C D A L.

L'armée.

Contre tant d'attentats justement animée;
Comptez sur la vengeance et sur mon amitié.
Un secret important vous sera confié;
Sur ce secret encor je garde le silence;
Mais croyez que bientôt je... Vazington s'avance.

S C È N E I I.

LINCOL, MACDAL, VAZINGTON, GUERRIERS.

V A Z I N G T O N.

Digne ami, vos vertus, vos exploits, vos malheurs,
D'amour et de respect ont pénétré nos cœurs.
Notre auguste sénat veut qu'un public hommage,
De la plus pure estime éclatant témoignage,
Annonce ses regrets au père d'un héros
Qu'un destin trop fatal enlève à nos drapeaux.

A 4

Vous voyez près de vous, vos compagnons, vos frères,
Fiers de vous posséder sous leurs tentes guerrières,
Appellés par la gloire à de nouveaux combats,
Vous demander l'honneur de marcher sur vos pas.

LINCOL.

Je sens mon cœur renaître, à ce noble langage :
A la voix d'un héros je reprens mon courage.
Oui, mes braves amis, combattons, vengeons-nous ;
Soldat sous Vazington, je dois vaincre avec vous.
Hélas ! il fut un tems où j'eus l'orgueil de croire
Qu'un jour mon fils, sans doute, égaleroit leur gloire.
De ses bontés pour moi, je rends grace au congrès ;
Jaloux de son estime et fier de ses regrets,
Citoyen et soldat, je dois à ma patrie,
Je dois à la vengeance et mon cœur et ma vie.

VAZINGTON.

Avant la fin du jour j'aurai rempli vos vœux.
Vous connoissez Laurens, ce vieillard vertueux,
Digne chef du sénat ; son fils, dont la jeunesse
Réunit la valeur, les talens, la sagesse,
Dans leur marche incertaine observant les Anglais,
Ce soir vient nous rejoindre ; et j'attends les Français,
Qui, signalant pour nous leur zèle et leur courage,
Font de la liberté le noble aprentissage.

SCÈNE IIIᵉ.

LES MÊMES, UN AIDE-DE-CAMP.

L'AIDE-DE-CAMP.

Des ordres de son roi chargé près du congrès,
Aux barrières du camp, Joston . . . .

VAZINGTON.

Je l'attendois ;
Qu'il vienne.

(*L'aide-de-camp sort.*)

SCÈNE IVe.

LES MÊMES.

LINCOL.

Quoi, Joston, autrefois l'adversaire,
Vil flateur aujourd'hui du pouvoir arbitraire !
Redoutons ses complots ; ne désarmons nos bras
Qu'après avoir chassé l'Anglois de nos climats.
A peine il a touché les bords de l'Amérique,
Que d'un visage ami masquant sa politique,
Divisant les esprits par des écrits menteurs,
Joston, savant dans l'art de corrompre les cœurs,
Trouve même au congrès un appui favorable.

VAZINGTON.

Cet appui ne rend pas Joston plus redoutable.
Peut-être qu'en Europe il seroit dangereux :
Ici la liberté suffit à tous nos vœux.
Ses projets sont connus ; c'est assez pour les rompre :
On peut nous égarer ; mais non pas nous corrompre.

SCÈNE V^e.

VAZINGTON, JOSTON.

JOSTON.

Vous savez que Joston, depuis vos longs débats,
Heureux de ramener la paix dans vos climats,
Défenseur de vos droits au sénat britannique,
Sut estimer, chérir et servir l'Amérique ;
Un charme m'attiroit vers ces lieux fortunés,
Aux monstres des forêts naguère abandonnés,
Ces beaux lieux, qu'avant vous la nature inféconde
Avoit presqu'oubliés dès l'enfance du monde,

Où j'observe, étonné, sous un ciel si nouveau,
Un peuple, à peine encor sorti de son berceau,
Nous présenter en vous l'héroïque assemblage
Des talens, des vertus, du grand homme et du sage.
Lorsque tous les pouvoirs que peut donner un roi,
Garantis par l'état, sont réunis en moi,
Certain de réveiller dans votre ame attendrie
Les sentimens d'amour qu'on doit à la patrie,
Combien je suis flatté de venir en son nom
Solliciter les soins du sage Vazington,
Et fort de votre appui, de votre amour pour elle,
Jeter les fondemens d'une paix fraternelle!
Quelque ressentiment qui puisse aigrir les cœurs,
L'Anglois a vu, du sein des civiles fureurs,
Renaître la concorde et l'amitié plus tendre;
A ce bonheur, enfin, j'ose aujourd'hui prétendre;
On méconnut vos droits, ils seront rétablis;
Formez-vous d'autres vœux? ces vœux seront remplis.
Demandez, et comptez sur un roi qui vous aime:
Et si vous répondez à sa bonté suprême,
Recevez, pour garant de l'oubli du passé,
Un pardon que son cœur a déjà prononcé.

VAZINGTON.

Un pardon! nous, grand Dieu! quel étrange langage!
Vous qui me prodiguez et l'éloge et l'outrage,
Osez-vous bien, Joston, étaler à mes yeux
La suprême bonté d'un prince ambitieux,
Qui, constant ennemi de nos droits légitimes,
Lui-même provoqua nos efforts magnanimes;
Qui, repoussant les vœux d'un peuple gémissant,
Paya, pour se baigner dans le sang innocent,
Et des brigands d'Europe et des hordes sauvages:
Et quand, après sept ans de meurtres, de ravages,
Ce roi, dépossédé du sceptre américain,
N'a pu s'en ressaisir les armes à la main;
Prenant le ton d'un père, avec l'orgueil d'un maître,
Reconnoissant nos droits pour nous tromper peut-être,
L'auteur de tous nos maux daigne les oublier,
Et veut pousser l'affront jusqu'à nous pardonner!

JOSTON.

D'un ministre insensé la fausse politique
Entraîna loin de vous le sénat britannique ;
Mais le prince à vos maux n'a point participé :
C'est le destin d'un roi d'être souvent trompé.

VAZINGTON.

C'est donc là ce sénat aux tyrans formidable,
Et de vos libertés rempart inébranlable :
Le bras qui nous opprime impose à sa fierté ;
Il cède ; peuple anglois, crains pour ta liberté !
L'ambition, qui veille autour du diadème,
Nous prépara des fers pour t'enchaîner toi-même ;
L'exemple est sous tes yeux. Quelle leçon pour toi
Du pouvoir d'un ministre et des erreurs d'un roi !

JOSTON

Quelques soient envers vous les torts du ministère,
Dans les premiers transports d'une aveugle colère,
Même en brisant vos nœuds, vous n'auriez dû jamais,
Vous, Bretons, vous jeter dans les bras des Français.
Les mers, nos loix, nos mœurs, le culte de nos pères,
Tout forme entr'eux et vous d'éternelles barrières :
Un jour vous connoîtrez, détrompés et trahis,
Cet indomptable instinct qui nous rend ennemis.

VAZINGTON.

Vaine erreur ! je connois ces haines politiques,
Eternel aliment des misères publiques ;
Joston, nos préjugés ont été trop long-tems
La ressource du fourbe, et l'arme des tyrans.
De l'art de gouverner le ténébreux mystère,
Envain croit éviter l'œil perçant qui l'éclaire.
Ministres orgueilleux du trône et des autels,
N'espérez plus tromper les crédules mortels :
L'homme sort du sommeil, las d'un double esclavage :
Ses yeux s'ouvrent ; tremblez : déjà gronde l'orage :
Un grand événement est tout prêt d'éclater.
La raison indignée ose enfin présenter,

Entre le peuple et vous, la vérité terrible :
Tyrans, à son aspect un peuple est invincible.
L'amour de la justice et de la liberté
Qui semble élever l'homme à la divinité,
Est un bienfait, grand Dieu ! de ta bonté suprême :
Dans le fond de nos cœurs tu l'as gravé toi-même ;
C'est-là qu'interrogeant tes immuables loix,
La raison dit : « Sois homme et rentre dans tes droits. »
Peut-être le Français, objet de votre haine,
Sera-t-il le premier qui brisera sa chaîne.
D'amour pour son pays que son cœur enflammé
Donne ce grand exemple à tout peuple opprimé.
De l'hydre des abus qu'il écrase les têtes ;
Ami du monde entier, qu'il renonce aux conquêtes ;
Et qu'il puisse amener ces beaux jours de la paix,
Où la liberté fière, enchaînant pour jamais
L'orgueil, l'ambition, les haines et les guerres,
Doit s'étendre et planer sur les deux hémisphères.

JOSTON.

Aux vœux que vous formez j'aime à joindre les miens.
Quand ma main de la paix va serrer les liens,
Vazington, de ces bords écartant les alarmes,
Peut épargner le sang que font couler nos armes.

VAZINGTON.

C'est l'espoir de la paix qui seul arme mon bras :
J'ai pleuré nos exploits, et je hais les combats ;
A vos vœux, cependant, j'attendrai pour me rendre,
Que le congrès, chargé du soin de vous entendre,
Ait pesé vos raisons, en veillant sur nos droits ;
Je commande aux soldats et j'obéis aux loix.

JOSTON (*à part en s'en allant*).

Ta haine contre nous, ton amour pour la France
Vont bientôt sur ta tête appeller la vengeance.

SCÈNE VIe.

VAZINGTON, LINCOL, GUERRIERS.

LINCOL.

De Laurens dans le camp flottent les étendarts ;
Mais cent foudres d'airain, tonnant de toutes parts,
En échos prolongés, font mugir nos montagnes,
Et fuir épouvanté l'habitant des campagnes :
Le soldat dans ses rangs vous appelle à grands cris.

VAZINGTON.

Mon cœur est satisfait ; mes vœux sont accomplis.
Le bruit qui retentit est le cri de la gloire !
Prélude des combats, garant de la victoire ;
Donné par les Français, ce signal belliqueux
Doit nous rendre plus chers nos rivaux généreux.
Ce noble empressement, dont l'effet nous rassemble,
Resserre encore le nœud qui nous unit ensemble.

SCÈNE VIIe.

VAZINGTON, LINCOL, LAURENS, GUERRIERS.

VAZINGTON.

Approchez, digne fils adopté par mon cœur,
O vous, d'un peuple libre et la gloire et l'honneur !
Vos yeux, sans doute, ont vu les héros de la France.

LAURENS.

Oui, leur zèle a déjà rempli notre espérance,
Et dans tous ses projets l'ennemi s'est trompé.
Sur les rives d'Yorck, l'Anglais envelopé,
Rencontre, s'il médite une vaine retraite,

Rochambeau vers le nord, au midi; la Fayette,
Et soudain accouru des bouts de l'Univers,
Le pavillon Français triomphant sur nos mers,
Non loin de l'ennemi, dans de feintés alarmes,
J'ai surpris des soldats qui m'ont rendu les armes;
Ils marchoient commandés par le jeune Balfour.

LINCOL.

Eh quoi? Balfour? O ciel! O favorable jour!
Vazington, à l'instant ordonnez son supplice.

LAURENS.

Prisonnier sur ma foi, voulez-vous qu'il périsse?

LINCOL.

Savez-vous de Balfour tous les forfaits?

LAURENS.

                 O ciel!
Vous pourriez-vous venger d'un père criminel
Sur cet infortuné! Votre coeur sanguinaire
N'a donc jamais connu le tendre nom de père?

LINCOL.

Dieu! savez-vous quel trait dechirant et cruel
Vous venez d'enfoncer dans ce sein paternel?
Connoissez-vous Lincol?

SCENE VIIIe.

LES MÊMES, MACDAL, GUERRIERS
qui le suivent.

MACDAL.

           En ce moment, l'armée
D'une égale fureur soudain s'est enflammée.
On enchaîne Balfour; et de nombreux soldats,
En demandant sa tête accourent sur mes pas.

LINCOL. (*courant se mettre à leur tête.*)

Oui, chers concitoyens, oui, mon fils magnanime
Du féroce Balfour expira la victime.
Le tigre, dans mon sang baigné, désaltéré,
Il trouve chez les siens un azile assuré;
Il jouit de son crime; il brave en paix ma rage.
Dans le sang de son fils effacez mon outrage;
Amis, je m'abandonne à vos généreux soins.

LAURENS.

Ce fils est innocent.

LINCOL.

Le mien l'étoit-il moins?
Au sein de ses foyers contre la tyrannie,
Mon fils infortuné défendoit sa patrie;
Un intérêt sacré l'appelloit au combat;
La liberté, l'honneur avoit armé son bras.
Puissions-nous immoler à son ombre si chère,
Et tout Anglais barbare, et tout vil mercénaire
Qu'un zèle aveugle entraîne au bout de l'univers,
Et qui vendent leur sang pour nous donner des fers.

VAZINGTON (*retenant Lincol*).

Arrêtez.

LINCOL.

Eh? qu'importe à l'horreur qui m'anime,
De nos lâches tyrans l'innocence ou le crime?
Supplice de mes yeux, fléau de mon pays,
Tout Anglais est pour moi l'assassin de mon fils.

SOLDATS.

Courons tous.

VAZINGTON.

Arrêtez.

LINCOL.

Que rien ne vous arrête!
Amis.

VAZINGTON.

Obéissez; je vous offre ma tête.

Si Lincol , égaré par ses profonds chagrins ,
D'intrépides guerriers fait de vils assassins ;
Frappez ; mais respectez le sang qu'il vous demande ,
L'innocence respire où Vazington commande.
Et vous, mon cher Lincol , montrez dans vos douleurs ,
Une fermeté d'âme égale à vos malheurs ;
Albion fut pour nous mère injuste et cruelle ;
D'une vertu sans tache offrons lui le modèle :
L'univers nous contemple, et l'honneur nous attend :
Nous allons nous venger ; mais c'est en combattant.
Quand on pleure un heros, peut-on parler d'outrage ?
Il mourut pour l'état ; la gloire est son partage :
Est-il un sort plus beau ? Voyez dans tout son jour
La gloire de ce fils, si cher à votre amour ;
Voyez son nom placé parmi les noms célèbres
Qui de la nuit des tems ont vaincu les ténèbres ;
Ces martyrs de l'honneur et de la liberté,
La mort les a conduits à l'immortalité :
Un Trophée, en nos murs, monument de sa gloire ,
Va comme eux de ce fils consacrer la mémoire ;
Et j'entens le récit de ses faits glorieux ,
Volant de bouche en bouche à nos derniers neveux ,
Faire éclore , en leur âme enflammée , attendrie ,
Le germe de l'honneur, l'amour de la patrie ,
Ce sentiment sacré , si cher au citoyen
Qui de la liberté, fait son souverain bien ;
Et le sublime élan que l'héroisme inspire ,
Et la mâle vertu qui fonda notre empire.

SCÈNE IXe.

LES MÊMES, LISMOR.

LISMOR.

Un des chefs des Anglois que tant de cruautés
Ont rendu si fameux sur nos bords dévastés,
Dunmore a rassemblé sa troupe sanguinaire,
Et s'apprête à ravir votre fils et sa mère.

VAZINGTON.

VAZINTON (*à part*).

Quoi ma femme et mon fils ! O comble de malheur !

haut.

Peut-être en croyez-vous une fausse rumeur.

LISMOR.

De madame Nelson, interprète fidèle,
J'en apoprte à l'instant la fatale nouvelle ;
Et cet écrit. . . . . .

VAZINGTON (*lit la lettre*).

Lismor, je rends grace à vos soins ;
De sa tendre amitié je n'attendois pas moins.

LISMOR.

Il faut qu'un prompt secours....

LAURENS.

J'aurai cet avantage ;
Daignez, d'un soin si cher honorant mon courage,
Eprouver à l'instant l'ardeur de mes guerriers.

VAZINGTON.

Je réserve à vos mains de plus nobles lauriers ;
Je le dois. (*a part*) O mon Dieu ! sous ta garde sacrée
Je remets mon enfant et sa mère éplorée....
(*A sa troupe.*)
Marchons. Voici le jour où le sort des combats
Doit, aux peuples unis de nos naissans états,
Assurer à jamais la liberté, l'empire ;
Pour nous, les mers, la terre et le ciel, tout conspire :
(*A Lin ol.*)
A ce grand intérêt immolons nos douleurs ;
Ne songeons qu'à combattre et revenons vainqueurs.

Fin du premier acte.

B

ACTE IIᵉ.

Le théâtre représente l'appartement de Madame Nelson à Philadelphie.

SCÈNE PREMIÈRE.

MADAME NELSON, MADAME LAURENS.

MADAME NELSON.

En croirai-je mes yeux ! Sous mon toit solitaire ,
Dans mes humbres foyers, l'épouse digne et chère
Du vertueux Laurens, d'un sage aimé des cieux ,
Qui préside au congrès et commande en ces lieux !
Madame, à tant d'honneur je n'ai pas dû m'attendre.

MADAME LAURENS.

Aux modestes vertus il m'est doux de le rendre.
Du camp de Vazington, Lismor est revenu :
Sage Nelson, vos yeux sans doute l'ont revu ;
Que dit-il du héros si cher à la patrie ?

MADAME NELSON.

Quoi ; madame ? Lismor ! lui, dans Philadelphie !
Lismor ! qui sait combien à chaque instant du jour
Nos vœux impatiens ont pressé son retour !
Croyez qu'on vous a fait un rapport infidèle.

MADAME LAURENS.

Vous même qui craignez de soupçonner son zèle,
Et d'après votre cœur voulez juger du sien ;
Vous, qui le défendez ; le connoissez-vous bien ?

MADAME NELSON.

Que puis-je vous répondre ! Avant que l'hymenée
Sous les loix de Nelson rangeât ma destinée ;
Dès-long-tems l'amitié les unissoit tous deux.
Depuis que, dans ces murs, mon époux courageux
Paya de tout son sang l'honneur de les défendre ;
Indifférente aux soins que Lismor vient me rendre,
D'un tendre souvenir nourrissant ma douleur,
Je laisse au ciel, Madame, à juger de son cœur.

MADAME LAURENS

Nelson, de qui pour vous la mémoire est si chère,
Parent de Vazington, l'honoroit comme un père :
De ce pur sentiment, par Nelson inspiré,
Votre cœur noble et fier est toujours pénétré.

MADAME NELSON.

Plus encor que jamais; pour lui, pour la patrie,
Pour notre liberté, faut-il donner ma vie ?
Parlez.

MADAME LAURENS.

Eh bien ! Sachez que d'horribles complots,
Contre nous dirigés, menacent ce héros :
On veut sa perte.

MADAME NELSON.
Ciel !

MADAME LAURENS.

Au congrès, à l'armée
La haine le poursuit ; la discorde allumée
Déjà fait triompher les nombreux habitans,
Du pouvoir populaire en secret mécontens.
Votre œil peut éclairer ces sinistres mystères.
Joston ici conspire ; un de ses émisaires,
Marchant à la faveur des ombres de la nuit,
Est entré dans nos murs, par Lismor introduit.

VAZINGTON,

MADAME NELSON.

Joston, qui de nos droits embrassa la défense ;
Joston, dont la bonté prit soin de mon enfance ;
Lui qui, de la Floride autrefois gouverneur,
Rentre dans nos climats, heureux médiateur ;
Il pourroit. . . . Pardonnez si j'ai peine à le croire,
Mais ses soins bienfaisans vivent dans ma mémoire.
Hélas ! Je périssois sans lui, sans ses secours,
Rebut infortuné des auteurs de mes jours.

MADAME LAURENS.

Je le sais ; mais l'honneur, le devoir vous engage
A détruire un soupçon qui vous blesse, et l'outrage.
Vous reverrez Lismor ; il faut l'interroger ;
Lui refermer l'abime où l'on veut le plonger ;
Et, d'un affreux complot recherchant les indices,
Dénoncer au congrès l'auteur et les complices.
Si Joston contre nous médite un atentat,
Vous lui sauvez un crime, et vous servez l'état.
Un si grand sacrifice, offert à la patrie,
Pourra coûter, sans doute, à votre ame attendrie ;
Mais quand le péril presse et nous menace tous,
Je vous estime assez pour m'adresser à vous.

MADAME NELSON.

Un pareil choix, madame, est un honneur insigne ;
Vous ne vous trompez point ; je sens que j'en suis digne.

MADAME LAURENS.

Arrêtez, Lismor vient : gardez-vous devant moi,
De laisser éclater des doutes sur sa foi.
　　(A part).
Ses regards me diront si son cœur l'a trahie.

SCÈNE IIe.

MADAME LAURENS, MADAME NELSON, LISMOR.

MADAME NELSON.

Puisque je vous revois, mon attente est remplie ;
Et Vazington, instruit par mes avis secrets,
Peut du cruel Dunmore enchaîner les projets.

LISMOR.

Oui, madame, mon zèle a tout fait pour vous plaire.

MADAME NELSON.

Je vois, avec horreur, le guerrier mercenaire
Servir les vœux sanglans d'un ministre, ou d'un roi ;
Mais le sauveur d'un peuple est un héros pour moi ;
Lismor, vous l'avez vu ?

LISMOR.

     Plût à Dieu que l'armée,
Dès-long-tems contre lui sourdement animée,
Par honneur pour son chef, par intérêt pour nous,
Madame, pût le voir des mêmes yeux que vous !
On sait que la prudence à ses desseins préside ;
Mais, s'il faut les en croire, elle est lente et timide.
Ce nouveau Fabius, depuis six mois, dit-on,
Menaçant, tour-à-tour, Cornalis et Clinton,
Protégé des Français et sur mer et sur terre,
Semble se faire un jeu d'éterniser la guerre.
En tumulte assemblés, j'ai vu ses fiers soldats
Frémir, impatiens de voler aux combats,
Confondre dans leurs cris la plainte et la menace :
Il sembloit accablé de cet excès d'audace,
Quand, votre écrit en main, devant lui j'ai paru,
D'un avide regard ses yeux l'ont parcouru :

Peut-être de son trouble il n'a pas été maître ;
Mais d'un seul mot à peine il a su reconnoître
L'avis dont vos bontés ont daigné l'honorer.

MADAME NELSON.

Dans le devoir, sans doute, il les a fait rentrer,
Ces soldats égarés, qu'un zèle aveugle enflamme ;
Il a su réprimer. . . .

LISMOR.

Il a fait mieux, madame ;
Résolu de combattre, il marche à l'ennemi.

MADAME NELSON.

Lismor l'a vu partir, et ne l'a point suivi !
Quoi ? de tant de guerriers l'audace impétueuse,
Cette soif de l'honneur, cette ardeur belliqueuse
Dans votre ame, un moment, n'a point ressuscité
L'amour de la patrie, et de la liberté ?

LISMOR.

De quels traits outrageans votre haine m'accable !
Ah ! Cessez d'abuser du penchant indomptable,
Du fatal ascendant qui vous soumet mon cœur !
Madame, en affectant d'irriter ma douleur,
De ce reproche amer vous sentez l'injustice,
Et ce malheur encor ajoute à mon supplice.
J'ai cent fois du congrès dévoré les refus.
J'offrais mes biens, mon bras ; eh ! que veut-il de plus ?
Que j'aille, démentant le sang qui m'a fait naître,
Comme un simple soldat. . . .

MADAME NELSON.

Tout citoyen doit l'être.
L'honneur de commander veut un plus sûr garant
Que la fougue indocile et la fierté du sang.
Du nom que vous portez le frivole avantage
Donne-t-il les talens, les vertus, le courage ?
En vain, sur la nature établissant ses loix,
L'Amérique a fondé l'égalité des droits ;

D'écueils environné, le peuple trop timide
Laisse encore à l'orgueil un appas si perfide.
Puisse la liberté, dans des tems plus heureux,
De ce vain préjugé briser le joug honteux !
Du véritable honneur si vous sentiez la flamme !
Jusqu'à la liberté s'il élevoit votre ame !
Vous iriez, des Anglois détestant les fureurs,
Et pénétré des maux de la patrie en pleurs,
Vous iriez, où sa voix dès long-tems vous appelle,
Immoler votre orgueil, en combattant pour elle.

L I S M O R.

Il n'est plus tems, Madame ; au nom du peuple Anglois,
Demain, dans ces remparts, on nous offre la paix.

M A D A M E   L A U R E N S.

Qui vous dit qu'une paix, par l'Anglois présentée,
Doit être aveuglément, du congrès acceptée ?

L I S M O R.

L'interêt de l'état : nous rentrons dans nos droits,
Libres de tout subside, et régis par nos lois.
Tant de biens réunis passent notre espérance,
Et ne permettent pas que le congrès balance.

M A D A M E   L A U R E N S.

L'implacable ennemi de notre liberté,
Joint tant de perfidie à tant de cruauté
Que plus il nous promet, et plus il est à craindre :
Savez-vous si l'Anglois, habile en l'art de feindre,
N'a pas tendu ce piège à ses amis secrets,
Qui trahissent pour lui nos plus chers intérêts ?
Lismor n'est point garant des offres qu'il annonce ;
Le congrès est plus sûr, et j'attends qu'il prononce.

(*Bas à Madame Nelson qui le reconduit.*)

Adieu, Madame, adieu ! pénétrez ses desseins
Peut-être de l'état le sort est dans vos mains.

SCÈNE IIIᵉ.

MADAME NELSON, LISMOR.

LISMOR.

Quel est donc ce langage ? et que veut-on me dire ?

MADAME NELSON.

Qu'en secret contre nous plus d'un traître conspire.

LISMOR.

Comment pouvez-vous croire à ces bruits insensés,
Qui, d'un sénat craintif échos intéressés,
Annoncent chaque jour, quelque trame nouvelle,
Pour égarer le peuple, en rallumant son zèle ?

MADAME NELSON.

Ce soir, un inconnu dans nos murs est entré ;
Aux chefs du peuple encor il ne s'est point montré ;
Vous conduisiez ses pas ?

LISMOR.

       Je venois vous l'apprendre.
Madame, et près de vous il va bientôt se rendre.

MADAME NELSON.

Cet inconnu, Lismor, est sans doute un Anglois ;
On sait qu'ils vous sont chers :

LISMOR.

       Moins encor que la paix.
Je suis las, j'en conviens, du joug qui nous opprime ;
Sous le puissant abri d'un prince légitime,
Le peuple au moins jouit d'un repos plus constant :
Que peut-il espérer qu'un sort toujours flottant,

D'un sénat toujours prompt à servir ses caprices,
Et qui n'est élevé que sur des précipices.
Vous même, vous voyez ces souverains d'un jour,
Idoles d'un vil peuple, et jouets tour-à-tour ;
Du camp de Vazington la plainte menaçante
A jeté dans leurs cœurs le trouble et l'épouvante ;
Et, quand il faut agir, ce foible tribunal
Hésite sur le choix d'un nouveau général.
Les disciples de Penn, ces habiles sectaires,
Possédant l'art d'unir, sous des dehors austères,
La candeur à la ruse, et la richesse aux mœurs,
Ici contre la guerre élevent leurs clameurs ;
Le congrès les redoute, et sa main impuissante
N'osera rejeter la paix qu'on lui présente.
Grace au ciel ! son pouvoir est donc prêt d'expirer,
Et mon cœur à la joie ose enfin se livrer !
J'aime encor mieux un roi, fût-il même arbitraire,
Que l'insolent orgueil du pouvoir populaire.

M A D A M E   N E L S O N.

Qu'importe que Lismor, en son dépit chagrin,
Affecte pour le peuple un superbe dédain.
Ose-t-il se flatter que la paix nous ramène
La pompe des tyrans, leur grandeur souveraine ?
Le congrès, de nos loix inébranlable appui,
A fondé notre empire ; il doit vivre avec lui :
Fort de la liberté, quoiqu'on puisse entreprendre,
Qui sut la conquérir, saura bien la défendre.
Pour combattre nos droits, sur leur base affermis,
L'orgueil et l'intérêt sont nos seuls ennemis ;
Mais l'équité, l'honneur, la vertu, le courage,
Généreux défenseurs, sont votre heureux partage.
Vous qui, par la molesse et le luxe abattu,
Préférez un vain titre à la simple vertu,
Allez, noble orgueilleux, citoyen inutile,
Sous le joug des Anglois baisser un front servile.
C'est l'ami des abus qui rampe aux pieds des rois.
L'homme libre est plus fier ; il n'obéit qu'aux lois.
De brigues, de complots, l'Anglois nous environne ;
Mais nos yeux sont ouverts, et c'est vous qu'on soupçonne

LISMOR.

Moi !

MADAME NELSON.

Vous, et l'inconnu qu'ici vous secondez.
Dans vos hardis projets, tous deux, vous vous fondez
Sur la secte de Penn à nos tyrans propice.
Les exploits d'un héros, qui font votre supplice,
Vous brûlez de les voir payés par un affront ;
S'il est persécuté, vos jours en répondront :
Oui, Lismor, abjurez un complot infidèle,
Ou soudain au congrès ma bouche le révèle.

LISMOR.

Eh bien ! si vous croyez que j'ai trahi ma foi,
Connoissez un mortel plus coupable que moi.
J'osai toujours prétendre au bonheur de vous plaire ;
Il eut toujours pour vous la tendresse d'un père ;
Madame, empressez-vous d'outrager, d'opprimer
Deux cœurs, dont le seul crime est de vous trop aimer.
Joston est l'inconnu qui vers vous doit se rendre.
Avant de le juger, oserez-vous l'entendre ?
Pour l'admettre en ces lieux, où son arrêt l'attend,
L'ordre est donné, sans doute.

MADAME NELSON.

Il va l'être à l'instant.
(*Elle sort.*)

SCÈNE IVe.

LISMOR.

VA, poursuis, femme injuste, impérieuse et vaine ;
Poursuis ; prodigue-moi les dédains et la haine.
Je sens que je t'adore et te hais tour-à-tour.
Guéris-moi, s'il se peut, de mon fatal amour.
Pour dompter de ton cœur la fière indépendance,

La haine me suffit et sert mieux ma vengeance.
Autour de Vazington le piège est préparé ;
De ton culte idolâtre il est l'objet sacré,
Et le plus ferme appui d'un sénat qui m'outrage ;
Je veux, pour te punir, l'immoler à ma rage.

SCÈNE Ve.

LISMOR, MADAME NELSON.

MADAME NELSON.

Lismor, Joston m'est cher ; il fut mon bienfaiteur ;
Mais l'état a des droits plus sacrés sur mon cœur.

LISMOR.

Des droits ! sur vos soupçons si j'éclairois votre ame ;
Si j'osois m'expliquer, vous frémiriez, Madame.

MADAME NELSON.

Quoi ?

LISMOR.

Le ciel, de vos jours allumant le flambeau,
N'a point, dans nos climats, placé votre berceau.
Triste fruit d'un hymen qu'entouroit le mystère,
Abandonnée aux mains d'une femme étrangère,
En franchissant les mers, vous étiez dans ces lieux
Avant que la raison pût dessiller vos yeux :
La terreur enchaînoit ceux qui vous ont fait naître ;
Tout change ; Joston vient ; vous allez les connoître.

MADAME NELSON.

O ciel ! à tant d'espoir dois-je livrer mon cœur ?
Qui vous l'a dit ?

LISMOR.

Lui-même.

M A D A M E N E L S O N.

             O surprise, ô bonheur !
Il est donc vrai.... Joston.... je doute si je veille.
Quel nouveau sentiment dans mon ame s'éveille !
Si c'étoit.... où laissé-je égarer mes esprits ?
Ah, Lismor ! quoi, mes vœux ne seroient point trahis?
Quoi ? je pourrois, au gré de mon ame ravie,
Presser entre mes bras les auteurs de ma vie !
Moi, qui n'en eus jamais un regard caressant,
Don fatal que l'hymen reçut en frémissant,
Je pourrois espérer.... grand Dieu ! que je les voie !
Dieu ! que leurs cœurs touchés de l'excès de ma joie....

S C È N E V I^e.

MADAME NELSON, LISMOR, JOSTON.

M A D A M E N E L S O N.

Ah, seigneur ! vous savez le secret de mon sort ;
A mes sens trop émus pardonnez ce transport.
C'est vous qui, le premier recueillant ma misère,
Avez daigné long-tems me tenir lieu de père.
Toujours de vos bontés j'éprouvai les effets.
Seigneur ! mettez le comble à de si grands bienfaits.
A l'exil, en naissant, à l'oubli condamnée,
J'attends qu'un mot de vous fixe ma destinée.
Quel pays m'a vu naître ? à qui dois-je le jour ?

J o s t o n.

Gage unique et sacré d'un vertueux amour !
Objet infortuné des plus tendres allarmes,
Que vous avez coûté de regrets et de larmes !
La fierté d'un ayeul, tout puissant et cruel,
Menaçoit vos parens d'un divorce éternel.
Hélas ! tant qu'il vécut, un aveu téméraire
Aux plus affreux dangers exposoit votre mère :
Vous jugez si j'ai dû, par un zèle indiscret,
Vous confier alors ce dangereux secret.

Le ciel a terminé leurs malheurs et vos peines ;
C'est le sang d'un Anglois qui coule dans vos veines.

M A D A M E   N E L S O N.

Et cet Anglois, seigneur.... ô ciel ! vous soupirez.
De quel charme inconnu mes sens sont enivrés ?
Si j'en crois mes transports, ce trouble, ce silence,
La nature vous parle, et je sens sa puissance.

J O S T O N (*à part.*)

Je ne puis plus long-tems résister à sa voix.

M A D A M E   N E L S O N.

J'ai retrouvé mon père, et c'est lui que je vois.

J O S T O N.

Oui.

M A D A M E   N E L S O N.

Je tombe à vos pieds.

J O S T O N.

Viens dans mes bras, ma fille.
Digne appui, seul espoir de ta noble famille,
Que ton père est heureux, si, dans ces doux momens,
Tu partages sa joie et ses ravissemens !

M A D A M E   N E L S O N.

Dieu ! si je les partage ! eh ! qui peut, ô mon père !
Balancer dans mon cœur un si saint caractère ?
Non, rien n'égalera, j'en jure à vos genoux,
Le filial amour que je ressens pour vous.
Il est encor un bien qui manque à ma tendresse ;
Ma mère de ma joie eût augmenté l'ivresse :
Quand pourra votre amour, pour combler mon espoir,
Rassasier mes yeux du bonheur de la voir.

J O S T O N.

A la cour de nos rois, l'orgueil de sa naissance

Répand sur moi l'éclat d'une illustre alliance.
Là, tu verras ta mère, au sein de la faveur,
De son rang avec toi partager la splendeur;
Et moi, prompt à remplir les vœux de l'Angleterre,
Sitôt que de ces bords j'aurai chassé la guerre,
Je te ramène à Londre, où je porte la paix.
Le congrès semble enfin seconder mes projets.
Sur les bruits que l'armée a pris soin de répandre,
Vazington, rappellé, dans ces lieux va se rendre.
Demain de l'Amérique on va régler le sort;
Demain j'attends du peuple un courageux effort....
Que vois-je.... tu frémis.... tu gardes le silence.
Tes regards semblent fuir et craindre ma présence.

MADAME NELSON.

J'ose vous l'avouer; Vazington est, Seigneur,
Des mortels, après vous, le plus cher à mon cœur.
Par sept ans de combats, génie infatigable,
Il avoit, sur l'Anglois, tout puissant, implacable,
Conquis la liberté d'un nouvel univers;
Et le peuple séduit veut rentrer dans vos fers.

JOSTON.

Dans nos fers? lui! jamais, garde toi de le croire?
Va : ta crainte est injuste, elle offense ma gloire?
Il obtient tous les droits dont il étoit jaloux,
Et la paix va le rendre aussi libre que nous.

MADAME NELSON.

Vous, libre! ah, pardonnez! Peuple anglois, tu crois
l'être?
Et le vil intérêt, ton idole, ton maître,
Secondant, malgré toi, des ministres trompeurs,
Du trône et du sénat repoussa nos clameurs,
Et quand de mon aveul l'ame inflexible et dure,
Par orgueil, étouffoit le cri de la nature,
Menaçoit votre hymen, tenoit ma mère aux fers,
Reléguoit mon enfance au bout de l'univers;
Mon père! étiez-vous libre, alors? et la justice
A-t-elle osé vous tendre une main protectrice?

Que dis-je ! Avez-vous même osé la réclamer
Pour tout ce que l'amour vous commandoit d'aimer ?
Eh ! comment voulez-vous nons donner l'assurance
D'un bien qui si long-tems trompa votre espérance ?
On peut sans la vertu, les mœurs, l'égalité,
Connoître la licence et non la liberté ;
La flamme qui l'anime est trop pure et trop belle ;
Les peuples corrompus ne sont pas faits pour elle.
Ici, loin des tyrans, l'homme plus vertueux,
Plus près de la nature, est né pour être heureux.
En lui donnant la paix, respectez, ô mon père !
D'une peuple encor nouveau les mœurs, le caractère.
La triste humanité, dans un autre univers,
Gémit sous le fardeau des préjugés, des fers ;
Laissez, du moins, laissez, sur la terre, un azile
Où tout infortuné pauvre, foible, tranquille,
Puisse, d'un ciel plus doux éprouvant les bienfaits,
Trouver la liberté, l'innocence et la paix.

JOSTON.

J'estime ta franchise et ton noble courage ;
D'un cœur sensible et bon c'est le digne partage.
Tout Anglois que je suis et ministre d'un roi,
De tout tems j'ai pensé, j'ai parlé comme toi.
Ainsi donc, à tes yeux, je puis en assurance
M'ouvrir sur un objet dont tu sens l'importance ;
Et même si tu veux seconder mon dessein,
Ma fille, pour adieux au peuple Américain,
Tu lui rends un service et lui deviens plus chère.
Des offres que je fais au nom de l'Angleterre,
L'avantage est si grand qu'il doit en imposer.
Fût-il plus grand encor, il faut tout refuser ;
Il faut que le congrès demande à reconnoître
L'Anglois pour allié, sans le vouloir pour maître.
Revêtu d'un pouvoir qui n'est point limité,
J'accepte l'alliance et signe le traité.
Vas toi même à Laurens révéler ce mistère ;
Mais à d'autres que lui, songe qu'il le faut taire.

MADAME NELSON.

Oui , j'y cours.

JOSTON.

Et sur-tout , pour ton propre intérêt ,
Que ta naissance ici soit encor un secret.

MADAME NELSON.

Quel bonheur de servir et l'auteur de ma vie ,
Et les lieux dont j'ai fait si long-tems ma patrie ! '

Elle sort.

SCÈNE VIIᵉ.

JOSTON, LISMOR.

LISMOR.

Qu'ai-je entendu , Joston , et qu'avez-vous promis ?
Grand Dieu ! que deviendront vos malheureux amis ?
C'est vous qui , du congrès mendiant l'alliance ,
Prétendez l'affermir dans son indépendance ?

JOSTON.

L'affermir ! à quel prix ? Lismor , le savez-vous ?
Qu'il rompe avec la France , en s'unissant à nous.
S'il y consent , privé d'un appui nécessaire ,
Il ne peut échapper au joug de l'Angleterre ;
Le parlement, chargé de revoir le traité,
Bientôt s'expliquera comme un maître irrité.

LISMOR.

A cette offre trompeuse , enfin, s'il se refuse ?

JOSTON.

C'est à quoi je m'attends ; alors rien ne l'excuse

Aux

Aux yeux d'un peuple simple et qui n'est que trop las
De sa longue infortune et de tant de combats.
Le congrès tout entier demain se renouvelle :
Je veux, en l'accablant, déconcerter son zèle,
Et, par un grand exemple, au moins faire trembler
Les nouveaux sénateurs qu'on est prêt d'installer.
De brigans étrangers une horde innombrable
Arrive et nous devient un appui formidable.
Lismor, vous les verrez, demain, de toutes parts,
A flots impétueux, inonder vos remparts.
Tandis que le congrès frémira d'épouvante,
A ses yeux consternés soudain je me présente ;
Et si dans nos débats, surmontant son effroi,
Quelqu'un de vos tyrans s'élève contre moi,
Je me repose, ami, sur vos soins magnanimes :
Excitez les mutins ; marquez leur les victimes ;
Et sur-tout redoublez leurs transports furieux
Sitôt que Vazington paroîtra dans ces lieux ;
Alors... mais vous savez ce qui vous reste à faire.
Que ma fille vous soit favorable ou contraire,
Renoncez pour jamais à votre ingrat pays,
Et comptez sur l'hymen que je vous ai promis.

Fin du second Acte.

C

ACTE IIIᵉ.

(Le théâtre représente la salle du congrès, les galeries sont vides, les députés sont sur leurs banquettes, le premier secretaire est au fauteuil, il voit arriver Laurens, il lui cède le fauteuil du président, et va reprendre sa place de premier secretaire.)

SCÈNE PREMIÈRE.

LE SECRETAIRE.

Joston est dans nos murs; et la foule égarée,
A ses séductions secrettement livrée,
Viendroit ici peut-être appuyer ses projets.

LAURENS.

Et votre ordre absolu l'éloigne du congrès.
De quel droit les agens du pouvoir populaire
Osent-ils s'entourer des ombres du mistère?
Aux décrets du sénat c'est à moi de céder;
Mais j'abdique à l'instant l'honneur d'y présider.

LE SECRETAIRE (*le retenant.*)

Respectable Laurens, ce peuple à peine est libre :
Rien ne peut arrêter dans un juste équilibre,
Son esprit incertain, trop prompt à s'alarmer.
De nos dangers nouveaux on craint de l'informer.

LAURENS.

Le soin de le soustraire à des maux qu'il ignore
Le livre à des soupçons plus dangereux encore.
Il est libre; il suffit. Votre injuste dédain
Blesse la majesté d'un peuple souverain.
Né dans les préjugés d'un honteux esclavage,
L'homme de sa raison a méconnu l'usage,

En cherchant, loin de lui, par attrait pour l'erreur,
D'utiles vérités qui dorment dans son cœur.
Par dix siècles d'efforts, un rayon de lumière
Peut à peine entrouvrir sa débile paupière ;
Que la liberté parle à son cœur comme au mien,
Son ame alors s'élève aux droits du citoyen ;
L'esclave devient homme en devenant son maître :
Chaque instant vaut un siècle au peuple qui veut l'être.

LE SECRETAIRE.

Mais songez-vous qu'hier ses cris séditieux
Nous ont fait rappeller Vazington dans ces lieux ?

LAURENS.

Je sais que des soldats la voix accusatrice,
Contre lui du congrès invoquant la justice,
A long-tems attendu : s'ils n'avoient dénoncé
Qu'un citoyen obscur, auriez-vous balancé ?
Loin de blâmer le peuple alors qu'il est extrême,
De ses emportemens n'accusons que nous-même.
Il n'a pas reconquis l'égalité des droits
Pour voir des citoyens plus puissans que les loix.
Je porte à Vazington l'amitié la plus tendre ;
Mais il est accusé, qu'il vienne se défendre ;
Et nous à tous les yeux montrons la vérité :
C'est l'éclat du grand jour qui sert la liberté.
Le peuple, trop en butte aux traits de l'imposture,
Cruel par ignorance, est bon par sa nature,
Soupçonneux et facile, il se laisse égarer ;
Voulez-vous qu'il soit juste ? il le faut éclairer.
Si nos malheurs passés n'avoient pas su l'instruire ;
S'il ne s'étoit armé contre l'art de séduire,
Au nom d'un Dieu de paix les fiers épiscopaux
Du fanatisme encor allumoient les flambeaux.
Un souffle a renversé, du sein de l'opulence,
Ce colosse d'orgueil, fondé sur l'ignorance.
Déjà, de toutes parts, nos ministres sacrés
Abjurent un vain faste et sont plus honorés.

C 2

J'ai vu ces citoyens que la voix populaire
Fait monter aux emplois d'un si saint ministère ;
De cette auguste enceinte ils attendent l'accès,
Impatiens d'offrir leur hommage au congrès.
En foule sur leurs pas, charmé de les entendre,
Dans ces lieux respectés le peuple vient se rendre.
Sénateurs, prononcez ; y sera-t-il admis?

(*Tous les membres du congrès se lèvent.*)

Le sénat y consent.

(*Laurens fait signe aux huissiers d'ouvrir au
peuple les galeries et d'introduire les ministres du
culte.*)

L E S E C R E T A I R E.

Puissent nos ennemis,
De ce peuple en secret excitant les murmures,
Ne pas faire à l'État de mortelles blessures !

S C È N E I I e.

LE CONGRÈS, LAURENS, LE Ier. SECRETAIRE,
DÉPUTATION DES MINISTRES DU CULTE,
L'ORATEUR, PEUPLE, LISMOR, HUISSIERS.

L'O R A T E U R (*à la barre.*)

De notre liberté courageux fondateurs,
Et de ce vaste empire immortels bienfaiteurs,
Dont les hardis travaux, la sagesse profonde,
Vont servir de signal et de modèle au monde.
Sur d'antiques abus désormais éclairé,
L'homme à l'Être Suprême offre un culte épuré.
Oui, la religion, des loix que l'homme enfante,
Chaste fille du ciel, naquit indépendante,
On la vit, dédaignant leurs profânes secours,
Charitable, indigente, humble dans ses beaux jours,
Même aux yeux des tyrans, ardens à la proscrire,
Étendre sur les cœurs son pacifique empire.

Jamais de plus d'éclat n'ont brillé nos autels ;
Mais la foi vive et pure y guidoit les mortels.
L'intérêt corrompt tout ; une loi tyrannique
Fit de nos dogmes saints un ressort politique,
Qui, servant à la foi le sceptre et l'encensoir,
Enchaîna la raison sous un double pouvoir.
Dieu ! si tu m'as donné ce rayon qui m'éclaire,
Ce n'est que pour t'offrir un culte volontaire.
Qu'un despote insolent m'ait imposé la loi ;
Mon corps est dans ses fers ; mon ame n'est qu'à moi.
Ou mon hommage est libre, ou la loi n'est qu'un piège ;
Elle fait un rebelle, ou veut un sacrilège.
Les prêtres consacroient ces moyens corrupteurs ;
En approchant du trône ils en prenoient les mœurs ;
De la raison captive, éternissoient l'enfance ;
Des États décharnés dévoroient la substance ;
Rivaux des souverains, en usurpoient les droits,
Et mettoient leur orgueil à régner sur les rois.
Vos décrets ont proscrit l'orgueil et l'avarice,
La superstition, la fraude, l'artifice,
Et jusqu'au fanatisme, allumé par nos mains.
Fléau le plus affreux des crédules humains,
Lui qui depuis mille ans fut la source féconde,
De guerres, des forfaits et des malheurs du monde.
J'ose, ici, devant vous, attester l'Éternel
Que mon cœur applaudit à ce soin paternel.
Par le même serment chacun de nous se lie.
Soumis à vos décrets, je jure à la patrie
De remplir les devoirs d'un libre citoyen,
D'un pasteur vigilant et d'un humble chrétien.

LAURENS.

Content de vos sermens, touché de votre hommage,
Le congrès le reçoit comme un heureux présage :
Il est digne du siècle et de vous d'abjurer
Des abus que l'erreur sut long-tems consacrer :
Qui pense en citoyen doit s'honorer de l'être :
La vérité sied bien dans la bouche d'un prêtre.

(*Un huissier vient parler bas au secretaire.*)

C 2

L E　S E C R E T A I R E (*au président.*)

Joston vient ; il demande à paroître à nos yeux ,
Et la foule, à grands cris, l'accompagne en ces lieux.

L'O R A T E U R.

Je trahirois la loi que mon serment m'impose ,
Si , malgré les dangers où cet aveu m'expose,
Je pouvois vous cacher les horribles projets
Qui , tout prêts d'éclater, menacent le congrès.
Les vils adulateurs du pouvoir arbitraire ,
Pour offrir à Joston , leur appui mercenaire ,
Secrettement armés de glaives , de poignards,
De leur foule innombrable assiègent vos regards.
Vazington n'est que trop en butte à leur furie :
S'il vient seul dans nos murs , je tremble pour sa vie :
Dérobez ce grand homme aux pièges du trépas :
Ordonnez que l'on vole au-devant de ses pas.

L I S M O R.

C'en est trop ; je frémis d'horreur et de colère....
Nous ne permettrons point qu'on ose....

L A U R E N S.

　　　　　　　　　　　　Téméraire !
De quel droit, sans mon ordre, élevez-vous la voix ?
Citoyen , apprenez à respecter les loix.

L I S M O R

Quoi ? d'un zèle perfide empruntant le langage,
On peut impunément nous prodiguer l'outrage ?
Généreux citoyens ! est-ce à nous de souffrir
L'affront, l'indigne affront dont on veut nous couvrir?
　　　　　　　　　　(*Au président.*)
Quel est-il ce complot qu'on vous a fait entendre ?
Oui, nous sommes armés; mais c'est pour vous défendre,
Et sur-tout pour punir les ennemis secrets
Dont l'éternelle adresse est d'écarter la paix.

LAURENS.

Quoi ! des armes ?

LE SECRETAIRE.

Grand Dieu ! dans cet auguste enceinte
La majesté des loix peut souffrir cette atteinte ?
Sortons.

LAURENS.

Que faites-vous, juste ciel ! arretez ;
Magistrats, sentez-vous qui vous représentez ?
Des peuples réunis de cet immense empire,
En nous seuls le pouvoir, la volonté respire.
S'il est un citoyen assez audacieux
Pour lever contre nous un front séditieux,
Je le déclare infâme et traître à la patrie,
Et je veux, qu'à jamais sa mémoire flétrie
Inspire autant d'horreur, qu'il doit sentir d'effroi.
(*A l'huissier.*)
Vous pouvez faire entrer le ministre d'un roi.

SCÈNE IIIe.

LES MÊMES, JOSTON.

LAURENS.

Joston, l'horreur de voir ce nouvel hémisphère,
Menacé de subir le joug de l'Angleterre,
D'un peuple, juste et brave, irritant la fierté ;
Il a depuis sept ans conquis sa liberté.
Ce que n'ont pu sur nous vos flottes, vos armées,
Nos cantons dévastés, nos villes consumées,
Vos cruautés, votre or, l'indigence et la faim,
D'un traité captieux vous l'espérez envain.
Loin de nous une lente et fausse politique.
Si vous n'avez conçu qu'un projet pacifique ;

C 4

Transportez vos soldats loin de notre univers,
Sur les nombreux vaisseaux dont vous couvrez nos mers,
Et, des États-Unis respectant la puissance,
Reconnoissant nos droits et notre indépendance,
Au nom du peuple Anglais offrez-nous un traité :
Mais fondé sur l'honneur et sur l'égalité :
A tout autre intérêt gardez-vous de prétendre ; .
Par amour pour la paix, nous pourrons vous entendre.

J O S T O N (*au parquet.*)

Sénateurs, citoyens, ma conduite et ma foi
Repoussent des soupçons trop indignes de moi.
Vous savez si Joston au sénat britannique,
Contre tous vos tyrans, défendit l'Amérique ;
Si vous eûtes jamais un plus constant appui.
Eh ! pourquoi voulez-vous que je vienne, aujourd'hui
Vil flatteur des Anglois, vous les offrir pour maîtres ?
Ne descendez-vous pas de leurs braves ancêtres ?
N'avez-vous pas puisé dans leur sein courageux
L'indomptable fierté qui vous arme contre eux ?
Soyez indépendans ; mais loyaux et sincères ;
Devenez à jamais nos amis et nos frères.
Nos droits seront égaux ; voilà le seul traité
Que, pour vous et les miens, mon amour m'a dicté :
Tout nous en fait la loi. Cette heureuse harmonie,
Par des nœuds fraternels entre nous rétablie,
Vous garantit la paix, vous promet le bonheur,
Et fait des deux États la force et la grandeur.
Laissez, le cœur en proie à sa haine immortelle,
Notre ennemi commun se parer d'un faux zèle ;
Lui, qui ne vous offrant que de foibles secours,
De nos tristes débats veut prolonger le cours ;
Il croit de l'un par l'autre énerver la puissance ;
Hâtez-vous d'abjurer sa perfide alliance :
Alors. . . . .

L A U R E N S.

Vous oubliez ; en parlant au congrès,
Que ce sénat auguste est l'ami des Français ;

Qu'il a donné sa foi ; qu'il ne sait point l'enfreindre ;
Qu'il ne doit point souffrir , et n'est pas fait pour craindre
L'injurieux excès de vos ressentimens.
Quiconque nous invite à trahir nos sermens ,
Seroit-il bien fidèle à ceux qu'il nous propose ?
Si nous rompions les nœuds qu'un traité nous impose ;
Nul peuple désormais n'osant nous secourir ,
L'Anglois plus aisément pourroit nous conquérir.
Pour la France et pour nous , même pour l'Angleterre ,
Nous choisissons la paix ; sans les Français , la guerre.

LE PEUPLE.

Non , non.

JOSTON.

Vous préférez au devoir, à l'honneur,
Au sang qui nous unit, un ennemi trompeur !
Quand , le cœur dévoré d'une haine implacable,
Le fer, la flamme en main, l'Anglais impitoyable
Viendra vous écraser du poids de son courroux,
Quand vos toits embrasés s'écrouleront sur vous,
J'en atteste du ciel la justice suprême ,
Ingrats , de vos malheurs , n'accusez que vous-même.

(*Il sort.*)

LISMOR.

Eh bien , nous renonçons à la France , aux combats,
Nous demandons la paix.

(*Il se lève , ainsi que ses conjurés.*)

LAURENS.

Vous ne l'obtiendrez pas.

(*Tandis que Lismor et les siens tirent leurs poignards , d'autres conjurés sont en foule à la porte
du parquet, ils attaquent les sentinelles et se jettent
sur elles.*)

(*Laurens continue.*)

Je vois grossir les flots d'une horde en furie.

(*Aux sénateurs.*)

Rivaux de nos guerriers, mourons pour la patrie

LES SÉNATEURS (*en se levant.*)

Mourons.

(*Les galeries se remplissent de soldats qui désarment Lismor et ses compagnons.*)

LAURENS.

Le bruit, l'horreur, les cris sont redoublés.
Traîtres, que faites-vous ? . . .
　　　　　　　　　Vazington vient ; tremblez.

(*Quelques conjurés, le bras levé à deux pa. des sénateurs, s'arrêten au nom de Vazington.*)

SCENE IV°.

LES MÊMES, LINCOL, SOLDATS, *qui remplissent l'intervalle entre les sénateurs et les conjurés.*

LAURENS.

Soldats, désarmez-les ; qu'on fasse aux plus rebelles
Expier dans les fers leurs trames criminelles,
Et que la honte soit leur premier châtiment.

(*Les conjurés sont arrêtés et emmenés.*)

LINCOL.

Que le bonheur public ajoute à leur tourment.
Vazington reparoît, mais rayonnant de gloire :
Sénateurs, apprenez sa nouvelle victoire.
Non, jamais un héros, sensible et généreux,
Ne sut mieux préparer un exploit plus heureux.
Du sang des citoyens on l'a cru trop avare ;
L'œil ouvert, sur les pas d'un ennemi barbare,

Dans un piège insensible il vouloit l'enchaîner ;
Un succès éclatant vient de le couronner.
Tout nous annonce un terme à nos longues allarmes :
Cornalis et les siens nous ont rendu les armes.

(*Il sort.*)

SCÈNE V^e.

LES MÊMES, VAZINGTON, *suite.*

L A U R E N S. (*à Vazington.*)

O vous ! dont la sagesse, en nous rendant vainqueurs,
Sait désarmer la haine et conquérir les coeurs.
Entre tous les grands noms célèbres par la guerre,
Qu'ont transmis jusqu'à nous les fastes de la terre,
Nul ne peut opposer au peuple Américain
Un héros plus modeste et sur-tout plus humain.

V A Z I N G T O N.

J'ai rempli les devoirs d'un citoyen fidèle,
Et si quelque succès a couronné mon zèle,
Je le dois aux guerriers dont l'héroïque ardeur
De mes nobles travaux a partagé l'honneur.
Un projet inoui, mûri dans le silence,
Avec moi dès-long-tems concerté par la France,
Préparoit ce grand jour, si cher à mes souhaits,
Qui doit nous assurer et l'empire et la paix.
C'est, au même signal donné dans les deux mondes,
Que de leurs pavillons couvrant le sein des ondes,
Les généreux Français, des bords de l'Océan
Et des lointains climats de l'antique Indostan,
Vers nous sont accourus, franchissant les barières
Que l'Anglois élevoit sur nos mers prisonnières.
Cornalis, investi, pressé de toutes parts,
D'un combat inégal éprouvant les hasards,
N'a pu nous opposer qu'une foible défense.

L A U R E N S.

Vazington, pardonnez à mon impatience ;
Je croyois que mon fils accompagnoit vos pas ;

Je l'attendois ; pourquoi ne le revois-je pas ?
Vous vous troublez.. O ciel.. Quel jour affreux m'éclaire !

VAZINGTON.

Si la gloire d'un fils peut consoler un père ;
Jamais plus de vertu n'illustra la valeur.
Et ce qui met le comple à ma juste douleur,
Je suis de tous vos maux la cause involontaire.
Par les mains d'un Anglois féroce et sanguinaire,
Mon fils et mon épouse alloient m'être ravis ;
Ils m'ont été rendus ; mais, ô ciel, à quel prix !
Nous perdons un héros.

LAURENS.

La liberté nous reste.

SCÈNE VIe.

LES MÊMES, LINCOL, suite.

LINCOL.

CRAIGNEZ encor pour elle : un désordre funeste,
Une affreuse révolte éclate dans ces lieux.
Un ramas d'étrangers, de brigans furieux,
Dans vos murs introduit, prêt à remplir la ville
De toutes les horreurs de la guerre civile,
A recueilli Lismor échapé de nos mains ;
Le traître, secondant leurs complots inhumains,
Irrite leurs transports, seme par-tout la crainte,
Et dirige leurs pas vers cette auguste enceinte.
On croit voir même au loin quelques vaisseaux Anglois
De ce vil stratagême attendre le succès.

VAZINGTON.

A l'instant, jusqu'au port, frayez-vous un passage ;
Allez, mon cher Lincol, protéger le rivage :
On peut nous y surprenflre.

(*Lincol et sa troupe sortent*)

Amis, n'attendons pas
Qu'en ces lieux des brigands osent porter leurs pas :
Volons au devant d'eux, et qu'à ma voix docile,
Le soldat leur oppose un courage tranquille.

LAURENS.

(Descend dans le parquet, ainsi que tous les députés.)

Magistrats, déployons ce drapeau menaçant
Qui, fatal au coupable, avertit l'innocent.
Il nous faut distinguer, d'un peuple qu'on égare,
L'hypocrite indigné, l'ambitieux, l'avare,
Dont les complots secrets, sûrs de l'impunité,
Voudroient faire à nos cœurs haïr la liberté.

VAZINGTON.

Armons-nous contre eux seuls d'une équité sévère.
Il est tems qu'un exemple affreux, mais nécessaire,
Enseigne à respecter le plus sacré des droits;
La force des états nait du maintien des loix.

Fin du troisième acte.

A C T E IVe.

Le théâtre représente une grande plaine sur les bords
de la Delavarre , nommée le champ de la fédération.
Tous les préparatifs sont faits : sur l'autel de la
patrie , on voit en forme de colonne la table d'airain
sur laquelle est le traité d'alliance avec les Français.

SCÈNE PREMIÈRE.

Lincol *fait poser deux sentinelles sur les degrés de*
l'autel et deux autres plus bas ; il monte à l'autel ,
le reste de sa troupe se range des deux côtés.

Non , l'Anglais ne vient point menacer ce rivage ;
Poursuivi sur les mers, il cherche une autre plage.
Le ciel nous favorise au gré de nos souhaits ;
J'ai vu , j'ai reconnu le pavillon Français-
Généreux allié , vengeur de l'Amérique ,
Viens partager ici l'allégresse publique !
Viens fléau des tyrans, par la gloire excité ,
Respirer avec nous l'air de la liberté !
Embellis cette fète auguste et solennelle ,
Témoignage éclatant d'une amitié fidelle.
　　(*En montrant la colonne.*)
Où doit ce monument attester sur l'airain
Le traité qui t'unit au peuple Américain.
Chers amis, si j'en crois le silence des armes,
Vazington de ces murs a banni les allarmes.
　　(*Aux sentinelles.*)
Sur ces bords consacrés, quand nos législateurs ,
Rassemblant auprès d'eux les nouveaux sénateurs,
Vont du peuple en leurs mains déposer la puissance ,
Vous, amis, redoublez de zèle et de prudence.
Puissent les citoyens marquer un si beau jour
Par des épanchemens de concorde et d'amour !

SCENE IIᵉ.

LINCOL, GUERRIERS, LE SÉCRETAIRE.

LE SECRETAIRE.

Le calme est rétabli, la paix est affermie.
Les serviles agens d'une ligue ennemie,
Par de honteux ressors, par les plus vils moyens,
Vouloient l'un contre l'autre armer les citoyens :
Devant eux, tout-à-coup Vazington se présente ;
Son aspect les consterne, et sa voix foudroyante,
Du perfide Joston révélant les complots,
L'habitant détrompé tombe aux pieds du héros.
Déjà suivi des siens, Lismor a pris la fuite.
Des guerriers de Macdal Vazington prend l'élite,
Et, s'échappant de nous, d'un pas précipité,
Poursuit, loin de nos murs, Lismor épouvanté.

LINCOL (*prosterné.*)

Magcdal le suit !

LE DÉPUTÉ.

Lui-même.

LINCOL.

O douleur qui m'accable !

LE DÉPUTÉ.

Quoi !

LINCOL.

De ses ennemis c'est le plus redoutable.

LE DÉPUTÉ.

O ciel !

LINCOL.

Mes yeux l'ont vu calme dans ses fureurs,
Des soldats, en secret, exciter les clameurs,

Et contre les Anglais animé d'un faux zèle,
Jurer à Vazington une haine immortelle.
Chers amis, défendons ce héros, notre appui,
Courons sauver ses jours, ou mourir avec lui.

Avant qu'ils sortent, le peuple arrive en foule au bruit des tambours, des fifres et des haut-bois. On voit s'avancer le corps municipal, les membres de l'ancien et du nouveau congrès, les femmes, les vieillards, les enfans marchent ensemble.

SCENE III_e.

MADAME NELSON (*Arrivant seule*).

Ecoutez, citoyens, Joston étoit mon père,
Vous tous qui respectez ce sacré caractère,
Vous, témoins des complots dont il paroît l'auteur,
Concevez, s'il se peut, mes regrets, ma douleur.
Quand j'ai vu sur les siens éclater la tempête,
A votre fer vengeur j'ai dérobé sa tête;
J'ai pu sauver ses jours, en vous gardant ma foi;
La nature et l'honneur m'en imposoient la loi;
Mais prompte à triompher de ma peine cruelle,
Je m'arrache à mon père et vous reste fidelle:
Il part; il a reçu mes éternels adieux.
Que Nelson ne soit plus étrangère à vos yeux,
Ne me refusez point cette faveur suprême.
J'ai puisé parmi vous, que j'estime, que j'aime,
Et l'amour des vertus, et l'horreur des tyrans;
Je ne connois que vous, pour amis, pour parens;
Adoptés par mon cœur, ces lieux sont ma patrie,
Et je viens pour jamais vous consacrer ma vie.

LAURENS.

Ce langage touchant, cet élan généreux
Du cœur le plus sensible et le plus vertueux,
Est pour nous un plaisir que le despote ignore
Le vœu que vous formez ou aime à l'accueillir.
Comme un bien dont l'état devoit s'enorgueillir.
(*Madame Nelson va prendre place parmi les femmes.*)

L'ORATEUR

L'ORATEUR (*nouveau député.*)

Je l'avouerai, Laurens; dans mon respect pour elle,
De la sage Nelson j'ai secondé le zèle.
A l'envoyé d'un roi si j'ai servi d'appui,
Si j'ai calmé le peuple, irrité contre lui,
Des traits que sur vous tous lançoit sa main impure,
Je vous ai crus trop grands pour venger votre injure.
Parmi tous les écrits, lâchement clandestins,
Enlevés à Joston et tombés dans vos mains,
Un traître nous annonce et sa fuite et la guerre :
Parjure à ses sermens, il pense que la terre
Va soudain embrasser avec avidité
La cause des tyrans contre l'humanité :
Ce mélange d'orgueil, de crime, de foiblesse,
Part du coeur d'un esclave et marque sa bassesse.
Je viens vous apporter...

(*Offrant la lettre du traître Arnold.*)

LE SECRETAIRE.

Donnez

LAURENS (*rejetant la lettre.*)

Que faites-vous ?
Non. Cet infâme écrit, trop indigne de nous,
Souilleroit les regards de ce sénat auguste :
Qu'importe un vil esclave à l'homme libre et juste ?
Les efforts des tyrans ne feront qu'aguérir
Un peuple qui prétend vivre libre ou mourir.
De notre liberté l'édifice s'élève;
La valeur l'a fondé, que la vertu l'achève.
Citoyens, l'univers attentif, étonné,
Trouve enfin dans les loix qu'un peuple s'est donné,
Ces grandes vérités dont la baze éternelle
Est la raison suprême, unique, universelle
Qui ne peut émaner que d'un Dieu bienfaiteur,
Et que l'homme, en naissant, porte au fond de son
coeur.

D

Les peuples façonnés au dur métier des armes,
L'un par l'autre opprimés, s'abreuvent de leurs larmes ;
Un faux patriotisme enivrant la raison
Des poisons de l'orgueil et de l'ambition,
Alimente en leurs coeurs et la haine et l'envie ;
Mais, fondé sur nos loix, l'amour de la patrie
N'est que le pur amour de nos concitoyens ;
La douce égalité qui forme nos liens,
Loin de nous inspirer des haines meurtrières,
Nous fait mieux souvenir que les hommes sont frères :
Voulons-nous couronner nos généreux efforts ?
Soyons toujours unis, nous serons toujours forts.

(*Aux nouveaux Représentans.*)

C'est à vous d'affermir cette paix fraternelle,
Vous qu'à nous remplacer le voeu public appelle.
Le sentier de la gloire, applani devant vous,
Vous promet des succès moins contestés, plus doux;
D'un pas sûr et hardi, marchez dans la carrière
Où notre heureuse audace a porté la lumière.
Vous n'avez vu que trop quels troubles, quels combats,
Quels obstacles sans nombre ont assiégé nos pas :
D'un roi toujours séduit les trompeuses promesses ;
De nos lâches tyrans les perfides caresses ;
Leurs agens orgueilleux, confus, humiliés,
Conjurés contre nous et par nous soudoyés ;
Et l'hypocrite, armé de fraude et d'artifice,
De l'intérêt du ciel couvrant son avarice;
Et l'ignorant imbu de préjugés honteux,
Tous, en nous poursuivant de leurs cris scandaleux,
Pour étouffer la voix de la raison suprême,
Ont su, trop fréquamment, nous diviser nous même.
Ce que de nos efforts nous nous étions promis,
Nos éternels débats ne nous l'ont point permis ;
Mais vous, que le succès, que notre exemple éclaire,
Vous répondrez du bien qui nous restoit à faire :
Voilà le seul serment que la patrie et nous,
Vertueux citoyens, nous attendons de vous.

L'ORATEUR.

Votre zèle intrépide, objet de notre estime,
A fait passer en nous l'esprit qui vous anime.
Si vous avez osez, du pouvoir des tyrans,
Alors qu'ils triomphoient, sapper les fondemens,
Nous saurons, entourés de leurs vastes ruines,
De derniers préjugés ex tirper les racines :
Nous le jurons.

(*Il lève la main, ainsi que les autres membres*
de la nouvelle législature.)

LAURENS.

Grand Dieu ! daigne, du haut des cieux,
Recevoir leurs sermens et seconder leurs vœux !
Place le repentir dans le cœur des rebelles !
Citoyens, à nos loix vivons, mourons fidèles ;
Sachons leur obéir, et que l'égalité,
Le plus doux de nos nœuds, soit le plus respecté.

SCÈNE IVᵉ.

LES MÊMES, VAZINGTON, LINCOL, GUERRIERS.

(*Montant à l'autel de la patrie et levant la main*
ainsi que le peuple et les guerriers.)

VAZINGTON.

Nous le jurons.

LINCOL (*lui tendant la main.*)

Macdal, recevez mon hommage.
Lincol d'un faux soupçon doit réparer l'outrage.

(*Macdal embrasse Lincol.*)

D 2

VAZINGTON.

A l'aspect des fuyards, Macdal m'a dévancé,
Et d'un front menaçant, vers eux s'est élancé.
Honteux de leur révolte, ils ont maudit leur crime,
Ont accusé Lismor, et l'ont pris pour victime.
Alors je les ai vus, de son sang tout couverts,
Soumis et désarmés, me demander des fers.
Vous aviez dans mes mains remis votre puissance,
Et j'ai pu sans danger, céder à la clémence.

MACDAL.

Pour vous accompagner quand vous m'avez choisi,
Saviez-vous qu'en secret j'étois votre ennemi?

VAZINGTON

Je savois que votre ame à l'honneur asservie,
Haïssoit Vazington, et non pas la patrie.

MACDAL.

Témoin de vos vertus, fait pour les admirer,
J'ai pu sentir la haine, et je dois l'abjurer.

LINCOL.

Le sage Vazington possède un art suprême,
C'est d'enseigner à l'homme, à s'estimer lui-même.

LAURENS.

Citoyens, célébrons le nœud qui pour jamais,
Sur la foi d'un traité, nous unit aux François;
Ils n'ont voulu, pour prix d'une amitié si tendre,
Que l'honneur immortel de venir nous défendre.

LINCOL.

Laurens, vous entendez ces cris et ces transports,
Nos généreux amis s'empressent sur nos bords:
Mes yeux depuis long-tems ont su les reconnoître,
Et leur ambassadeur devant nous va paroître.

SCÈNE Ve. ET DERNIÈRE.

LES MÊMES, L'AMBASSADEUR DE FRANCE, SUITE.

(Le peuple se range de manière à laisser libre la marche de l'ambassadeur et de sa suite, au bruit des canons, des tambours, des fifres, et des hauts-bois.)

L'AMBASSADEUR.

MAGISTRATS, dont l'audace étonna l'univers,
Calmes dans la tempête, et grands dans les revers,
Vous sûtes, par l'effet d'une sage harmonie,
Enfanter des vertus, un peuple, une patrie ;
Et livrés à vous seuls, sans or, et sans soldats,
Des fers de l'Angleterre, affranchir vos climats :
Ennemis des tyrans, sans connoître la haîne,
Nous révérons en vous l'ame républicaine,
Qui, de l'humanité rétablissant les loix,
Dans vos oppresseurs même, en respecte les droits.
Quand vous goûtez les fruits d'une utile victoire,
Quand le peuple Français, heureux de votre gloire,
Vous félicite ici par son ambassadeur,
Le devoir qu'il m'impose est bien cher à mon cœur.

LAURENS.

Voyez ce monument de la reconnoissance
C'est le garant sacré de l'étroite alliance,
De la pure amitié, qu'en ce jour solemnel,
Nous venons vous jurer, à la face du ciel.

L'AMBASSADEUR

Citoyens, c'est ici l'autel de la patrie :
Je le prends pour témoin du serment qui nous lie.
Ce génie immortel, l'homme de tous les tems,
Qui dirigea la foudre et chassa les tyrans,

Politique profond et philosophe austère,
Franklin, cher aux Français, a su du fière Iberé,
Et du Batave enfin vous obtenir l'appui.

(*A, Vazington.*)

Emule du grand homme, immortel comme lui,
Un peuple immence en vous, vengeur de son injure,
Voit l'heureux créateur de sa grandeur future,
Et fier de vos exploits, sur votre front guerrier,
attache avec transport l'olive et le laurier.
Vazington, il est beau qu'un si brillant hommage
Soit le prix des vertus, autant que du courage.

VAZINGTON.

A ce discours flatteur, à ces généreux traits,
Je reconnois le charme et le cœur d'un Français:
Heureux dans mes travaux d'avoir conquis l'estime
D'un peuple courageux, sensible et magnanime.
Que ce durable airain, aux siècles avenir,
De vos vaillans guerriers porte le souvenir,
Et dise qu'un traité, fruit de la bienfaisance,
vient d'affermir les droits de notre indépendance.
J'ai donc vu sur la terre, enfin, l'égalité
Rendre à l'homme avili toute sa dignité,
Et, donnant à nos cœurs une force indomptable,
Poser d'un vaste Etat la base inébranlable.

LAURENS.

Idole de mon cœur, premier bien des mortels,
Liberté ! si mon sang arrosa tes autels,
Du moins, en terminant ma pénible carrière,
Tes bienfaisantes mains fermeront ma paupière.

FIN.

LA grande révolution de l'Amérique a été le premier résultat d'une plus grande encore opérée dans l'empire de l'opinion.

Depuis une longue suite de siècles, la fraude et la force gouvernoient les peuples, comme si la nature les eût condamnés à être des sots, des fripons et des esclaves.

Il a fallu long-tems aux sages pour prouver à des hommes corrompus qu'ils n'étoient point nés tels ; mais faits pour se gouverner eux-mêmes par les seules lumières de la raison.

Persuadés de ces vérités, les Américains ont pris les armes. *Leur patriotisme étoit,* pour me servir des expressions d'un de leurs estimables écrivains, (1) *le calcul paisible et réflechi du bonheur public ; ailleurs l'enthousiasme a tout fait ; chez nous, c'est la raison : nous courons de sang-froid au danger.*

Les passions exaltées, ces grands ressorts de l'art tragique, n'ont donc eu aucune part à la révolution américaine ; elles ne devoient donc point entrer dans le tableau que je présente. Autant ces peuples sages se sont éloignés de la forme ordinaire des autres Gouvernemens, autant mon sujet me commandoit de m'écarter de la marche ordinaire du théâtre.

Il m'eût été plus facile de produire des effets, en accumulant les dangers sur la tête du héros Américain, en me livrant davantage à l'action théâtrale

---

(1) Recherches historiques et politiques sur les Etats-Unis de l'Amérique septentrionale.

J'ai trouvé plus digne d'une nation régé‑
nérée, de ne point détourner son attention
du vertueux sentiment de la liberté, de la
conviction des droits de l'homme, et du
triomphe de la raison, triomphe qui éclate
dans la constitution américaine. Je ne me
suis servi, pour ainsi dire, de l'action théâ‑
trale que comme d'un moyen d'amener des
développemens dans les rapports qui se trou‑
vent entre cette belle constitution et la nôtre.

J'ai été aussi fidèle à l'histoire que pou‑
voit l'être un poëte dramatique, auquel il est
permis de rapprocher les événemens.

Il est très-vrai que Johnston qui avoit
joui, étant gouverneur de la Floride, de la
réputation d'un homme d'honneur et de
mérite, employa dans sa mission tous les
petits moyens de corruption qui échoueront
toujours contre des peuples qui veulent-être
libres. Les Américains s'en vengèrent en les
publiant.

Ce qui est dit des Quakers, est également
vrai. Le Congrès, troublé dans ses opéra‑
tions (1), a quitté Philadelphie : puissent
les habitans de Paris, justes envers l'Assemblée
Nationale, mériter qu'elle se fixe à jamais
parmi eux ! c'est ainsi qu'ils mettront le
sceau à la gloire qu'ils se sont acquise dans
la révolution.

---

(1) C'est pour les yeux seulement que j'ai placé
dans une galerie ce qui s'est passé à la porte du Congrès.

N. B. On trouve chez MAILLARD‑
D'ORIVELLE, Libraire, au Contrat Social,
quai des Augustins, N°. 43, les pièces de
théâtre de l'Auteur, ensemble et séparément.

www.ingramcontent.com/pod-product-compliance
Lightning Source LLC
Chambersburg PA
CBHW061653180626
46818CB00003B/1087